LOS CUENTOS DE JUAN BOBO

Colección de
MARÍA CADILLA DE MARTÍNEZ

Adaptación por
JOSÉ RAMÍREZ RIVERA

EDICIONES LIBERO
MAYAGÜEZ, PUERTO RICO

Copyright © 1979 by José Ramírez Rivera
Derechos reservados

Primera edición, 1979.
Revisada, 1988.
Tercera edición, 1994.
Cuarta edición, 1998.
Quinta edición, 2004.
Sexta imprenta, 2016
Séptima imprenta 2018

ISBN: 978-0-9601700-6-7
Library of Congress No. 79-52813

Ediciones Libero
ramirez.r629@gmail.com.

Dibujos: Freda Barbarika

ÍNDICE

Introducción vi

¿Quién es Juan Bobo? viii

La familia de Juan Bobo xi

LOS CUENTOS DE JUAN BOBO

I	Juan Bobo cuida su casa	3
II	La aventura del caldero	11
III	Juan Bobo va a la escuela	15
IV	La aventura del reloj	19
V	El hambre se mata comiendo	23
VI	Los canastos tienen rendijas	27
VII	Como vender una pava	31
VIII	Las moscas embrollonas	35
IX	Como comprar una aguja	41
X	Juan Bobo ofendido	45

Narradores 49

INTRODUCCIÓN

Aunque muchos puertorriqueños han oído contar cuentos de Juan Bobo, un paseo por librerías y bibliotecas, y conversaciones familiares con jóvenes en varios pueblos y ciudades, nos ha convencido de que el sabor y la realidad ambiental de estos auténticos cuentos populares se les niega a la juventud.

Por eso hemos desglosado del libro *Raíces de la tierra*, que publica en 1941 la ilustre escritora doña María Cadilla de Martínez, estas narraciones que ella recogió directamente de personas que aún las recordaban. Esperamos que el joven lector de distintas edades y grados de cultura llegue a conocer esta tragicomedia jíbara que es parte del alma popular puertorriqueña.

Para facilitar la comprensión de estos diez entretenidos cuentos hemos hecho las siguientes simplificaciones:

1) Expresamos en lenguaje actual la substancia de la narración costumbrista, limitando el uso del habla vulgar, pero conservando en general la secuencia narrativa original.

2) Presentamos al principio la descripción de Juan Bobo y su familia para que sirva de marco de referencia para todos los cuentos.

3) Dividimos la narración *de Juan Bobo y el reloj* en dos: *Juan Bobo va a la escuela* y *La aventura del reloj*.

4) Damos a algunos de los cuentos títulos que reflejan mejor su contenido. Por ejemplo: *Juan Bobo y la vaca* lleva como nuevo título *El hambre se mata comiendo*.

5) Finalmente, alteramos un poco el orden original de la recopilación para reflejar más fielmente el crecimiento de Juan Bobo desde un niño simple a un joven que toma mujer.

Agradecemos la valiosa colaboración de la profesora Zelmira Biaggi y del Dr. Manuel Álvarez Nazario en la revisión del manuscrito.

José Ramírez Rivera

¿QUIEN ES JUAN BOBO?

Juan Bobo es una invención auténtica del pueblo puertorriqueño. Aunque el personaje existe en otros países, en Puerto Rico ha adquirido un significado transcendental. Su personalidad está sutilmente esbozada en sus múltiples aventuras. Retrasado mental es, pero ingeniosidad tiene. Posee "la astucia" que el Chapulín Colorado comparte con nosotros a través de la pantalla del televisor.

Lo concebimos con la delgadez musculosa de nuestro malnutrido campesino de antaño, delgadez que le dará cuando sea adulto, la apariencia de ser más alto que los 164 cm (65 pulgadas) que mide. Lo creemos víctima de una pequeña hemorragia en el hemisferio izquierdo del cerebro, un joven con parálisis espástica y deficiencia mental. Estas limitaciones explican sus movimientos musculares inarmónicos y las innovaciones improbables que surgen de su escasa capacidad para hacerle frente a los problemas del diario vivir.

Juan Bobo representa una característica positiva de nuestra raza. No es el conformista aplatanado, ni el rebelde sin causa. Nuestro antihéroe expresa la vitalidad y la tenacidad con que luchan nuestros conciudadanos de escasas destrezas en busca de horizontes más amplios, de una vida mejor.

Juan Bobo vive en un tiempo difícil, tiempo en que la única justificación para la existencia de nuestro jíbaro era ser productivo y útil. Juan Bobo no es heredero ni víctima de la paternidad fría e incolora de gobiernos dadivosos, ni de las atenciones —"en horas laborables"— de fundaciones bien intencionadas. Sólo cuenta con padres amantes y comprensivos que le ayudan y protegen.

J.R.R.

La familia de Juan Bobo[1]

[1] Desglosado de la narración de Francisco Ramírez de *Juan Bobo Cuida su Casa*.

La madre de Juan Bobo era una mujer de su casa. Vivía en un barrio de la zona rural próximo a la ciudad. Como tantas otras mujeres campesinas de pocos medios, tenía muchas obligaciones. Ella cocinaba, barría, fregaba, cosía, lavaba; planchaba la ropa para su marido, sus hijos y para algunos clientes. Ayudaba también a su marido a cuidar de la hortaliza y de una pequeña crianza de animales.

El padre de Juan Bobo trabajaba de peón en la finca de un rico agricultor. Algunas de las numerosas tierras del agricultor colindaban con el bohío de los padres de Juan Bobo, pero otras estaban muy lejos. Por eso el pobre hombre tenía que salir para su trabajo antes de la salida del sol y no regresaba a comer y a dormir hasta el oscurecer. Trabajaba todos los días, menos el domingo. Faltaba a su trabajo raras veces, sólo cuando estaba enfermo. El dinero que ganaba casi nunca le rendía lo suficiente para comer: para pagar el arroz, el bacalao y el tocino que le fiaban durante la semana en un ventorrillo[2] cercano.

---

[2] Tienda pequeña y mal surtida que está en las afueras de una población.

¿Quién sabe? Por eso su mujer estaba siempre afanosa; y él, a pesar de llegar extenuado de su trabajo diario, la ayudaba buscando el agua que necesitaban en una quebrada monte arriba. Ninguno de los dos sabía de cuentas. Tenían una libreta donde el ventorrillero les apuntaba lo que cogían y, como siempre compraban lo mismo, no podía el ventorrillero equivocarse demasiado a su favor. De noche la madre de Juan Bobo, para tranquilizarse un poco, rezaba el rosario en un rincón del bohío. A veces salía a ver o a cuidar a algún familiar o a un vecino enfermo. Rara vez podía ir a los bailes y velorios que celebraban en las cercanías, a pesar de lo mucho que le gustaba. Así pasaban los días. De vez en cuando iba al pueblo para comprar algo o entregar ropa lavada y dejaba con Juan Bobo al segundo superviviente de sus siete partos, un niño de dos meses.

Los cuentos de Juan Bobo

Juan Bobo cuida su casa

I

Un día el hermanito de Juan Bobo se enfermó. Para que se curara su madre le hizo una promesa al Señor y a la Virgen de oír de rodillas una misa con dos velas encendidas en las manos. Con el favor de Dios y unos guarapos, el nene se sanó. Por eso la mamá de Juan Bobo ansiaba cumplir con lo ofrecido. Una noche, inquieta con esa idea, le dijo a su marido:

—Voy a ir sola al pueblo mañana después de atender los quehaceres de la casa.

Su marido le comentó:

—Bueno es cumplir con Dios. Lo malo es dejar al nene solo.

Ella explicó que procuraría venir pronto del pueblo; que el nene quedaría al cuidado de Juan Bobo como otras veces, y terminó con esta reflexión:

—Aunque el nene llore un poquito no le hará tanto daño como si yo dejo de cumplir con el Señor y la Virgen.

Quedaron, pues, en que iría a oír misa de rodillas al amanecer del día siguiente. Por eso ella lo preparó todo antes de acostarse: dejó sobre el baúl el vestido nuevo, unas enaguas almidonadas, un pañuelo de cuadros para ponérselo en la cabeza y unos zapatos rebajados con medias coloradas; puso el chorreador del café listo sobre el fogón[1] con el colador ya en su agujero y tapó bien, con ceniza, las brasas mientras decía:

> Hormiga, atiza
> araña, vana;
> que amanezca candela
> por la mañana.

Al siguiente día, el sol no había dejado ver todavía la majestad de los montes cercanos, cuando la mamá de Juan Bobo saltó de su catre[2]. Su marido la imitó silencioso. Con verdadero compañerismo, ambos se pusieron a trabajar. Él trajo la cabra desde el cercado hasta la puerta misma del bohío para que ella la ordeñara y luego fue a la quebrada a buscar agua. Ella destapó y avivó las brasas del fogón de tres piedras y puso agua a hervir en una cafetera de hierro para colar el café. Mientras el agua hervía, ordeñó la cabra. Mientras colaba el café, se calentaba la leche.

---

[1] Lugar donde se hace el fuego para cocinar con leña o carbón vegetal.
[2] Cama plegadiza para una persona hecha de tela gruesa que se abre en forma de tijera.

El papá de Juan Bobo no tardó en regresar con el agua y Juan Bobo se despertó con el aroma del café recién colado. La mamá le dio a cada uno una taza de café con leche y la mitad de la batata que había dejado asando en la ceniza con la que tapó las brasas la noche anterior. El papá se tomó el café a grandes tragos; le dejó la mayor parte de su media batata a Juan Bobo. Después se levantó y les dijo:

—Me voy. Se me está haciendo tarde.

Con una sonrisa la mamá de Juan Bobo lo llevó hasta la puerta. Después le dio un biberón al nene y lo dejó dormido en el coy[3]. Luego recogió los trastos, ordenó la casa y se vistió para ir a misa. Se echó el rosario de camándulas[4] y dos velas en el bolsillo al lado derecho de la falda. Besó al nene y a Juan Bobo, y le dijo a éste:

—Si me cuidas al nene y a los animales te traigo cucas[5] del pueblo. Si lo sientes llorar, mira a ver lo que tiene.

Juan Bobo, quien al oír hablar de las cucas se puso algo avispado, le contestó:

—Vaya sin cuidado mamá, que yo le prometo cuidarlo.

El muchacho abría y cerraba el puño de la mano derecha, en señal de contento y asentimiento. Su ma-

---

[3] Una especie de hamaca para niños hecha de una armazón de madera y tela gruesa.
[4] Frutas duras blanquecinas o grisáceas de una planta nativa que pueden ser agujereadas para hacer collares y otros objetos.
[5] Galletas duras, redondas o rectangulares, hechas con harina de trigo, azúcar y jengibre.

dre, que lo conocía bien, se fue satisfecha al pueblo. Llevaba el alma hecha incienso de fe, de una fe que era como una alcancía de esperanza, lo único que la sacaba de apuros. Al pensar en cuan generosamente Dios y los Santos respondían a sus humildes peticiones se le humedecían sus grandes ojos negros de belleza criolla ya marchita.

Juan Bobo, al quedarse solo, se sentó a la puerta del batey a contemplar el camino que se perdía como una cinta rosada bordeada de rojas amapolas en el verde llano. Se echó a la boca un pedazo de tabaco hilado que le cogiera al papá del bolsillo del pantalón. Masticaba saboreando ya las cucas.

Pasó bastante tiempo. Ya el sol picaba[6] cuando Juan Bobo decidió entrar en la casa. El nene gritaba sudoroso y frío en el *coy* y se comía los puños. Juan Bobo agitó el *coy* como había visto que hacía su madre, pero lo movió tan bruscamente que el nene salió disparado contra el seto donde dio un golpe seco con la cabeza antes de caer al suelo. Juan Bobo lo levantó y lo meció en los brazos. El niño gimoteaba un poco. Respiraba al principio suavemente, pero poco a poco las respiraciones se ponían más y más profundas y entonces dejaba de respirar. Una de estas veces dejó de respirar de un todo y Juan Bobo pensó que el nene estaba aliviado y que dormía. Lo volvió a acostar en el *coy*, y se fue a sentar una vez más en la puerta.

---

[6] Calentaba mucho el sol.

Apenas se sentó, los pollos que criaba su mamá vinieron hacia él y empezaron a piar. Era la hora de ellos comer. Juan Bobo se rascó la cabeza. Les preguntó qué querían y como no obtuvo contestación a sus preguntas se puso a pensar. Después de un rato se dio una palmada en la frente. Claro, los pollos estaban cansados de andar y querían dormir. Se buscó una varilla y ensartó los pollos pasándole la varilla por el cuerpo de rabo a cabeza. Así ensartados los colgó de una viga para que se durmieran. La puerca que estaba amarrada cerca de la casa también gruñía llamando la atención. Parecía que la puerca quería irse a misa detrás de su madre. Juan Bobo la vistió con un traje de cintas que encontró en el baúl, le colgó un collar de camándulas en el cuello, y le amarró un pañuelo a la cabeza. Arrastró la puerca adornada hasta el camino y la soltó diciéndole:

—Ahora te puedes ir para la misa.

La madre de Juan Bobo regresó a eso de las doce del mediodía. Después de la misa había ido donde sus clientes. Estos le dieron ropas para lavar y algún dinero por la ropa limpia que había traído. Se le pasó el tiempo comprando algunas cosas para la casa, pero no se olvidó de las cucas. La piadosa señora caminaba sudorosa y jadeante. Traía el lío de ropa sucia balanceado sobre la cabeza y bolsas de compra en ambas manos. Se sintió tranquila cuando ya cerca de la casa no oyó llorar a su hijo pequeño.

Todo estaba en paz. Juan Bobo dormía hecho un ovillo en el suelo cerca de la puerta. Pasando por encima de él, la madre se fue derecho al *coy*. Su hijito más pequeño estaba frío. Había un moretón gigantesco en la mejilla izquierda. Quedaban rastros de un hilo de sangre que había brotado por la oreja izquierda. Estaba muerto. Loca de dolor, lo cogió en brazos. Creyó que tal vez los ratones de la cumbrera[7] habrían mordido al niño mientras dormía. Angustiada llamó a Juan Bobo para preguntarle si sabía algo. Y Juan Bobo, bostezando de hambre y de sueño, le dijo:

—Mamá, como usted me encargó que el nene no llorara yo lo mecí pero él saltó del *coy* y cayó al suelo. Los pollos también entraron a llorar para que los acostaran y allí se los puse a dormir. Como la puerca quería irse con usted a misa, la vestí y se la mandé. ¿Me trajo las cucas, mamá? ¿Dónde están las cucas?

La mamá de Juan Bobo no le contestó. Lloraba meciendo al último de sus siete hijos. Ya seis habían muerto. Sólo quedaba Juan Bobo. Se sentó en el suelo, al lado de la puerta, mientras Juan Bobo se comía las cucas. Así estuvo hasta que su marido llegó de vuelta a la casa. Él la hizo levantar y ella le contó todo cuanto había pasado en su ausencia. Él tuvo piedad de ella; nada le dijo sobre sus insistencia en hacer ese viaje al pueblo aquel día. Acordaron ambos que dirían a los vecinos lo mismo que ella había pensado sobre la causa de la muerte del nene: que los ratones le habían

---

[7] La parte alta del techo de pajas de un bohío, donde se ponen las pajas dobles formando una sobrecubierta.

mordido Aunque sin ánimo, la mamá de Juan Bobo cogió suficiente brío para ordeñar la cabra y poner unas batatas a asar. Ella y su marido no comieron, pero Juan Bobo se tomó casi toda la leche y comió por los tres.

La aventura del caldero

II

Los padres de Juan bobo estaban ya conformes con que su hijo de dos meses hubiera muerto. Creían ciegamente que ni las hojas se movían sin la voluntad de Dios. No había que hablar más del asunto. Sólo faltaba pedirle al nene que cuando llegara al cielo se acordara de ellos. Decidieron, pues dar el tradicional velorio antes de enterrarlo.

El padre fue a dar la noticia a los vecinos y parientes y a hacer la invitación. La madre preparó al niño en la mesa de comer. Lo vistió de blanco, le puso flores a su alrededor y un lirio en las manitas moradas. También preparó los obsequios que se darían a los invitados. Después del primer rosario ofrecería horchata de arroz y arepas; después del rosario de media noche, arroz con los pollos que Juan Bobo ensartó en el asador. A las cinco de la madrugada ofrecería anís y café. El anís se lo donó el ventorrillero al saber la noticia. Él estaba seguro de participar del anís y de pasar un buen rato con los vecinos. Además, esto le parecería generoso a sus clientes. *Chavo a chavo* ya procuraría ganarse su importe en las ventas.

A la madre de Juan Bobo le faltaba un caldero grande para hacer el arroz, y le dijo a su hijo:

—Anda a casa de la comadre Regina a pedirle prestado su caldero grande. Dile que es para hacer el arroz con pollo y que se vengan todos para acá después del oscurecer.

Juan Bobo no esperó a que se le repitiera el mensaje: se fue como una exhalación y dio el recado punto por punto sin olvidársele ni una palabra. Cuando le dieron el caldero lo examinó bien: le vio las tres patas que tenía y, como pesaba, lo puso en el camino y le dijo:

—Con tres patas que tienes, tú puedes caminar mejor que yo.

Como el caldero no se movió del sitio en que lo puso, Juan Bobo creyó que no estaba muy de acuerdo con hacer todo el viaje por sí mismo y le propuso:

—Si quieres, tú me llevas a mí un ratito y yo otro a ti.

Y así diciendo se ñangoto[1] dentro del caldero y esperó que lo arrastrara, pero el caldero tampoco. se dio por entendido. Juan Bobo se molestó con aquella actitud tan poco cooperadora. Se salió del caldero y le gritó:

---

[1] Agacharse de tal manera que las nalgas descansan en los talones.

—Ahora verás que conmigo no se juega.

Y le tiró con una enorme piedra y lo rompió.

Cuando se presentó a la madre con el caldero roto, ésta creyó que la vecina se lo había mandado así, pero Juan Bobo la sacó de su error.

No mamá, el muy listo no quería venirse conmigo por no trabajar. Hasta quería que fuera yo quien lo cargara. Pero yo lo puse en el suelo y le dije:

—Tú tienes tres patas y yo dos. ¡Tienes que andar! Si quieres que yo te cargue, cárgame tú primero. Como tampoco quiso eso tuve que darle con una piedra para hacerlo venir.

La mamá, furiosa, le dio a Juan Bobo unos cuantos mojicones. Juan Bobo se fue a un rincón a llorar y a decir:

—¡Ujum! ¿Se habrán creído todos que yo soy bobo? Bobo sería si cargara a uno que tiene tres patas.

Juan Bobo va a la escuela

III

Pá que se le quitara la bobera y aprendiera la letra la mamá mandó a Juan Bobo a la escuela del barrio. Muchos reparos hizo el maestro al admitir a Juan Bobo en la escuela. Solamente el nombre del muchacho le puso en guardia contra él. La mamá, que era lavandera del alcalde, le tuvo que pedir un boleto para que le admitieran.

Pero los meses pasaron sin que a Juan Bobo le entrara, ni por los ojos ni por los oídos, una sola letra de su cartilla, mejor dicho, de sus cartillas, porque a pesar de la pobreza de sus padres, ellos le habían comprado varias. Sacrificaban para hacerlo hasta lo más necesario. Cada vez que Juan Bobo enlodazaba su cartilla al dejarla caer en un bache[1], o la dejaba perder sin poder decir dónde, la mamá se iba a la semana siguiente a las tiendas, y le compraba otra. Así evitaba

---

[1] Especie de charco fangoso que se forma en los caminos y terrenos desiguales.

que el maestro, por no tenerla, le despidiera de la escuela.

Al principio, el maestro creyó que con un poco de esfuerzo conseguiría enseñarle a Juan Bobo siquiera a leer. Durante semanas y meses, día tras día, le hizo repetir esto, bien señalándole el cartel o la cartilla:

A, E, I, O, U... ¡Más sabe el burro que tú!

Otras veces, para variar, le decía:

B, a, ba, que se me va b, e, be, que se me fue;
b, i, bi, que lo cogí
b, o, bo, que se me voló
b, u, bu, cógelo tú.

Después de varias repeticiones el maestro le decía:

—Ahora Juan Bobo, di tú la lección. Dila sin ayuda, mirando y apuntando las letras.

Juan Bobo se paraba delante de él con la cartilla casi siempre vuelta al revés, se rascaba la cabeza, tartamudeaba un poco y respondía triunfalmente:

—¡Más sabe el burro que tú! ... ¡Bu! ... ¡Cógelo tú!

Los demás chicuelos se reían a más no poder. El desorden en cierta ocasión fue tan grande que el maestro se enfureció. Los chicos le hicieron coro a Juan Bobo repitiendo: *Más sabe el burro que tú*. Y el maestro comprendió que el mensaje era para él. Cierto día se puso tan furioso con Juan Bobo que lo agarró por las orejas, lo arrodilló sobre un guayo[2] y le puso un gorro con orejas de burro sobre la cabeza. Después despidió la clase y se fue a almorzar y así lo dejó, preso en la misma puerta de la escuela, para que los que pasaban por el camino le vieran. Cuando él regresó, Juan Bobo tenía las rodillas sangrando y se retorcía de *mal de tripas.*

Al volver a su casa, su madre le curó las rodillas con zumo de malagueta. Interpretó el mal de tripas como hambre y le dio a Juan Bobo abundante comida. Al día siguiente, ella fue a donde el maestro y le pidió por favor que no castigara a Juan Bobo de aquella manera. El muchacho no tenía la culpa de ser como era. Había nacido así.

Al saber el maestro que Juan Bobo era torpe de nacimiento, por poco lo echa de la escuela; pero se acordó de que era un recomendado del alcalde y lo dejó. Pero no le volvió a dar lecciones. Todos los días de clase le ponía a barrer y a limpiar el salón o lo mandaba fuera para hacerle mandados. A veces, si le enviaban temprano, Juan Bobo se quedaba jugando en cualquier sitio y hasta se olvidaba de lo que iba a buscar. El maestro siempre tenía motivo para incomodarse. A pesar de todo prefería tenerlo fuera del salón de clases que en él.

---

[2] Un rallador de hojalata.

La aventura del reloj

IV

Un día el maestro mandó a Juan Bobo a buscar un reloj para la escuela. El padre de un niño rico se lo había ofrecido. Le entregó una tarjeta con un mensaje escrito para que se lo dieran. Le advirtió que tenía que traerlo con cuidado porque el reloj andaba bien y si recibía golpes se podía parar y no andar de nuevo.

Juan Bobo se fue a buscar el reloj. Era un reloj de pared, pesado y grande. Cansado de cargarlo, Juan Bobo le dijo:

—Anda, que el maestro dijo que tú andabas. Yo me voy adelante para enseñarte el camino y tú te me vienes andando detrás. ¡Sígueme! ¡Sígueme!

Juan Bobo puso el reloj en medio del camino, pero éste no se movió. Después de andar un rato se volvió a ver si le seguía, pero al verlo lejos y quieto se puso furioso. Tuvo ganas de darle con un palo, pero recordó que el maestro había dicho que con golpes no andaba.

Por eso se buscó por los alrededores una cabuya[1] y lo amarró con ella para arrastrarlo. Cada vez que el reloj tropezaba con una piedra, saltaba o crujía o se le rompía un pedazo, Juan Bobo le decía:

—¡Así me gusta! ¿Lo ves? Por darte coraje y no querer ir a la escuela.

Cuando llegaron a la escuela, el reloj estaba deshecho. Quedaba un resto sucio de la caja de madera, y un pedazo de la máquina. El indignado maestro le preguntó a Juan Bobo si le habían dado así el reloj en la casa a donde fue a buscarlo. Y él respondió que no.

—Maestro, le dijo, ese reloj tenía la cara como una luna con dos agujitas que le bailaban por encima, parecían ir a sacarle los ojos a uno. Como no quería andar, tuve que amarrarlo con la cabuya para hacerlo venir a la fuerza.

El maestro finalmente comprendió lo sucedido. Le dio a Juan Bobo una tanda de azotes con una regla. Cuando la regla se partió, le dio otros tantos con una correa de cuatro patas. Juan Bobo gritaba de espanto y de dolor. Al fin, ya cansado, el maestro le soltó y le dijo:

—¡Vete para tu casa y si te vuelvo a ver otra vez aquí, te mato!

Juan Bobo se fue a su casa y le enseñó a su madre los cardenales[2] que tenía en todo el cuerpo. Le contó

---

[1] Cuerda para amarrar que hacen en los campos de bejucos o de las hojas de maguey.

[2] Golpes que dejan morada la piel.

llorando que el maestro decía *que aquello no era sino el principio, que si volvía a la escuela, lo iba a matar de un golpe.*

La madre de Juan Bobo, llena de pena, curó a su hijo. Desde entonces perdió el deseo de que aprendiera las letras.

El hambre se mata comiendo

V

Habían llegado los meses de noviembre y diciembre. Juan Bobo le decía a su mamá: *con el frío crece el hambre*. Y no se daba por satisfecho aunque ella le llenara dos veces al día una dita[1] grande con arroz y habichuelas o viandas y bacalao. Juan Bobo se tragaba la comida en un decir amén y en seguida empezaba a llorar diciendo:

—¡Tengo hambre! ¡Me duele el estómago!

La madre o el padre tenían hasta que dejar de comer para darle a él lo que a ellos les correspondía de la ración diaria, pero ni por eso el muchacho dejaba su sonsonete. Muchas veces, para no sufrir, la madre tenía que mandarle al batey a sentarse sobre una piedra como castigo, con amenaza de romperle una costilla si se movía del sitio. Pero cuando la castigaba ella no se quedaba tranquila; algo en su interior le decía que

---

[1] Recipiente hecho de la corteza seca del fruto de la higuera.

el muchacho no tenía la culpa de aquello. Después de cavilar muchas noches, un día le dijo a su marido:

—¿Tú no crees que lo que tiene Juan Bobo es hambre vieja y que lo que le hace falta es darse una buena hartada?

—Puede que sea así —asintió él.

—Pues vamos a matar la vaca, que está flaca y no nos va a sacar de apuros, y le damos toda la carne a Juan Bobo.

Un día, bien de mañana, mataron y desollaron la vaca. Un vecino diestro en matar reses les ayudó a cambio de la asadura del animal. Descuartizada la res, salaron unos cuantos pedazos y pusieron a curar el cuero tendiéndolo al aire y al sol entre los arbustos de la cerca. Ese mismo día la mamá le cocinó a Juan Bobo diez libras de carne y le llenó la dita tres veces. Sin decir palabra Juan Bobo se comió toda la carne sin masticarla. Cuando terminó se acostó sobre el piso a dormir.

Varios días le duró el hartazgo a Juan Bobo y el sosiego a sus padres. Comía de la carne salada de la vaca hasta saciarse y después se acostaba, sin molestar. La madre comentaba:

— ¡El pobre! ¡Lo que tenía era hambre!

Un día se acabó la carne. La mamá le volvió a dar a Juan Bobo batatas cocidas y bacalao para almorzar. Por la tardecita hizo lo mismo después de comer. La madre, comentando el hecho con su marido, le decía:

—Como ya se dio aquella hartura por tantos días, Juan Bobo sigue igual. No nos molesta.

El padre, siempre reflexivo, le contestó:

—Bueno. Más vale que sea así y que no hayamos desperdiciado la vaca.

Al siguiente día y a la hora del almuerzo, Juan Bobo recibió otra ración abundante de viandas y bacalao. Como lo había hecho el día anterior, se fue al batey. Al cabo de un rato le sintió su madre dar gritos. Fue corriendo a ver qué pasaba y se encontró a Juan Bobo retorciéndose, tirado sobre la tierra, pálido y frío.

—¿Qué te pasa? —le preguntó.

—Un dolor de barriga, mamá. Parece que el cuero se me ha pegado al estómago.

Juan Bobo se había comido casi todo el cuero que se había puesto a secar. ¡Y por poco se muere del hartazgo! Si su mamá no le hubiera dado ipecacuana[2] para hacerle vomitar y luego un purgante de cañafístula[3] con maná,[4] hoja de sen,[5] verdolaga,[6] y otras hierbas, no hubiera podido levantarse nunca más.

---

[2] Planta cuya raíz se usa como vomitivo.
[3] Pulpa dulce del fruto de un árbol leguminoso que se usa para medicina.
[4] Liquido azucarado algo purgante del fruto del eucalipto.
[5] Arbusto cuyas hojas se usan en infusión como purgante.
[6] Planta cuyas hojas carnosas se comen en ensalada.

VI

Negros nubarrones aparecieron desde el amanecer prolongando la noche. La madre de Juan Bobo sabía que iba a llover mucho porque desde el día anterior el sol, al ponerse, estaba *colorao*. Su marido tenía fiebre y ella le pidió que no fuera al trabajo. Le iba a dar en el mismo catre[1] un baño aromático para cortarle la calentura; temía, que si se mojaba, podía darle tibí[2]. El marido no dijo nada. No se levantó. Ella saltó del catre temprano, como siempre.

Juan Bobo dormía como un bendito. La madre le mandó a vestirse para que fuera a traer agua de la quebrada mientras ella preparaba el desayuno y buscaba yerbas medicinales para el baño. Puso la olla de agua a hervir sobre las piedras del fogón después de encender la leña, y se fue a buscar las yerbas. Cuando hirvió el

---

[1] Cama plegadiza para una persona hecha de tela gruesa que se abre en forma de tijera.

[2] Palabra de uso popular para la tuberculosis.

agua, coló el café retorciendo el colador para exprimir el mojado polvo hasta la última gota.

Juan Bobo, que se movía lentamente, se dio prisa al extenderse por la casa el olor del vivificante líquido. Sabía que su padre traía el agua de la quebrada en dos candungos.[3] Pero para ahorrarse viajes descolgó del seto los dos canastos grandes que se usaban para llevar a vender al pueblo los aguacates. Mientras caminaba hasta la quebrada, hablaba solo, como de costumbre:

—¡Ujum! ¡Bobos serán los aguacates que se caen del palo! Lo que soy yo no busco más trabajo pudiendo tener menos.

Juan Bobo llenó los canastos en el riachuelo y estaba tan gozoso que no advirtió que el agua se le salía por las rendijas. Mecánicamente subía los canastos hasta el batey. Los vaciaba, o creía vaciarlos, en el barril que tenía su madre para el agua. Cuando terminó el tercer viaje entró en la casa satisfecho. Su madre, que estaba ocupada en otros quehaceres, no bien lo vio entrar, le dio el desayuno. Después salió afuera para buscar el agua.

Juan Bobo estaba saboreando la batata con el café cuando la madre entró en la casa y le preguntó sorprendida:

—¿Qué es eso muchacho de Dios? Me dijiste que habías traído agua y no hay ni una gota en el barril.

---

[3] Recipiente cilíndrico y alargado hecho del fruto de una planta. Una vasija.

Juan Bobo le aseguró que había traído agua tres veces y para estar seguro de que no había agua fue con ella de nuevo al barril. Cuando vio el fondo vacío y seco, se rascó la cabeza y dijo:

—A lo mejor hay brujos por aquí, ¡Caray! Y que traer tanta agua y que no haya ninguna.

Pero como la necesidad era la necesidad, Juan Bobo dejó su desayuno después de echarle una mirada triste, y descolgó de nuevo los dos canastos. Ya iba a salir con ellos a buscar agua cuando su madre le vio y le gritó:

—¡Juan Animala! ¿Cómo diantres quieres traer agua en canastos? ¿No les ves acaso las rendijas?

El tío de Juan Bobo, que llegaba en esos momentos se rió a más no poder.

Desde entonces, cuando alguien en su presencia hacía algo inútil, el tío decía:

—Ese es el mismito Juan Bobo. Va a buscar agua en canastos.

VII

La mamá de Juan Bobo tenía necesidad de dinero y decidió vender una pava que ella había criado. Se la dio a Juan Bobo encargándole fuera al pueblo y la vendiera bien vendida, que le tocaría algo a él de lo que sacara de ella.

Juan Bobo se fue al pueblo. Pregonó la pava por todas las calles. A cuanta ama de casa pudo ver se la ofreció. Por fin una de ellas decidió comprarla. Juan Bobo se guardó el dinero en el bolsillo pero no se movió de la escalera de la casa donde le compraron la pava. La señora le preguntó si quería algo más y Juan Bobo le dijo que sí, que su mamá le encargó que no se fuera sin un trago de café. Le dieron el café, pero Juan Bobo se quedó como si tal cosa sentado en la escalera. Cuando llegó la hora del almuerzo empezó a dar gritos diciendo que tenía hambre. Le dieron almuerzo; pero después de almuerzo siguió sentado en la escalera. Al llegar la hora de la comida, empezó a quejarse:

—¡Tengo hambre! ¡Me duele el estómago!

Y tuvieron que darle comida; pero tampoco se fue. Llegó la hora de dormir y como no se iba, la señora le devolvió la pava; pero Juan Bobo no quiso devolverle el dinero.

—El trato es trato y ya está hecho.

Juan Bobo se fue para su casa con la pava y el dinero. Contó algo de lo sucedido, y la madre creyó que le habían cogido lástima. Al día siguiente volvió bien temprano al pueblo con la pava. Tuvo suerte. En la primera casa donde la ofreció se la compraron. La señora, que era buena, se sonrió y le dio café. Como el día anterior, Juan Bobo no se movió de la escalera. Primero le dieron café, después tuvieron que darle almuerzo y comida. En la comida se comió parte de la pava. A la hora de dormir la hospitalaria señora de la casa le preguntó qué más aguardaba y Juan Bobo respondió:

—Mi mamá me dijo que no me volviera sin dormir.

La señora le contestó:

—Muy bien, en la única parte donde puedes dormir es en el suelo, debajo de la cama de mi marido.

Juan Bobo, sin decir nada, se fue a acostar allí. A la media noche regresó el marido y cuando ya se estaba durmiendo, el muchacho empezó a ladrar como un perro. El marido se levantó, y después de enterarse por su mujer de lo sucedido, preguntó a Juan Bobo por qué ladraba de aquel modo.

—Es que tengo frío —le contestó. Déme unos pantalones para cubrirme las patas.

El señor le dio los pantalones; pero entonces Juan Bobo empezó a maullar como un gato.

Y ahora ¿qué te pasa? —le preguntó el considerado señor.

Que tengo frío y necesito una camisa para estar más caliente.

Cinco minutos después de recibir la camisa Juan Bobo empezó a gruñir como un cerdo.

Y, ¿ahora qué? —preguntó el señor.

Pues que me hacen falta medias y zapatos.

El marido, que ya había llegado al límite de su paciencia, cogió un fuete de cuero y echó de la casa a Juan Bobo a fuetazo limpio.

—Ahora verás tú los zapatos ligeros que te voy a dar —le gritó.

Al verle ir, el marido le dijo a su mujer:

—¡Ya verás como no vuelve! ¡Tú no conoces cuán astuto es nuestro jíbaro! Si le das la mano sin merecerlo, después le tienes que dar el brazo. ¡Y eso que este jíbaro es bobo!

VIII

Las comadres del barrio le decían a la mamá de Juan Bobo que ella tenía la culpa de que él fuera así —*sin sentío*— porque ella no lo había soltado para que aprendiera. Y ningún muchacho *pegao* a la falda de la madre se hace hombre.

La buena mujer, al oírlas, pensaba que tenían razón; tal vez sin darse cuenta, había criado al muchacho de manera distinta a como debía ser. Con esa duda, y después de pensarlo mucho, le propuso a su marido el ponerle un negocio.

—Que sea de vendedor ambulante *pa* que se espabile —le dijo.

Acordaron pedirle fiados unos cuartillos de melao a Don Crespín, un vecino que tenía un trapiche melaero y vendía a los del campo y a los del pueblo. Buscaron una damajuana[1] para que lo llevara en ella y un cuarti-

---

[1] Vasija esférica de cuello largo y angosto.

llo para medir las cantidades que vendiera. Después estuvieron varios días dándole instrucciones a Juan Bobo de cómo se vendía y de cómo se anunciaban las ventas por las calles. El papá de Juan Bobo, un versificador natural, le hizo al muchacho una copla para anunciarse que decía:

El melaero está aquí
con melao amarillito
pa refresco, pa mabí.
¡Aquí! ¡Aquí! ¡Mírelo aquí!

La madre de Juan Bobo estaba emocionada al ver partir a su hijo para el pueblo. Iba solo. Llevaba la damajuana llena de melao en una mano y el cuartillo de latón en la otra. Pero por el camino se le olvidaron todos los versos y al llegar al pueblo empezó a pregonar:

— ¡Pa refresco mabí! ¡Aquí!

Algunas personas le llamaron para comprarle mabí, pero apenas él vertía el melao, les daba coraje y le decían que lo echara de nuevo en la damajuana, que eso no era lo que querían. Al echar el melao Juan Bobo se ensució las manos y luego se las limpió en el pelo y en el traje. Pronto las moscas empezaron a acompañarle en su paseo por las calles chupando el dulce néctar. El joven creyó que las moscas querían comprarle el melao y parándose en medio de la calle, les dijo:

—¿Qué quieren ustedes? ¿Que les fíe el melao? Pues ahí va. Mientras ustedes se hartan yo también me voy a llenar la barriga. Me tienen el dinero para cuando vuelva.

Y se fue a su casa. Su mamá, al verle como venía, le limpió la cara, las manos y el pelo y le pidió el dinero de las ventas. Juan Bobo le dijo:

—Les fié todito el melao a las señoritas del manto prieto que no me dejaban respirar.

Su mamá al oírlo se enfureció y le dijo:

—¿No ves idiota que si no le pagamos hoy mismo los chavos a don Crespín nos quita el negocio? ¡Vete a cobrar en seguida!

Juan Bobo dijo que iría, pero que le diera antes de comer; que le iba a dar un desmayo en el camino y desmayado no podría cobrarle a las señoritas del manto prieto. La madre se apresuró a darle de comer y luego Juan Bobo se fue a cobrar. Las moscas estaban todavía revoloteando y zumbando sobre el charco de melao. En vano fue que las llamara, que les cobrara, que se enfureciera y las insultara. Las moscas no le hicieron caso. Él, con los ojos llenos de ira, les tiraba pescozones sin que al parecer escarmentaran. Un policía que oyó las palabrotas que decía Juan Bobo lo agarró por el cuello y lo llevó a donde el Juez. El magistrado le preguntó por qué estaba gritando todas esas malas palabras. Juan Bobo le explicó que las señoritas del manto prieto le habían cogido fiado el melao y que ahora no querían pagarle. El Juez mandó al alguacil con Juan Bobo a buscar a las señoritas del manto prieto. Pensaba arrestarlas si no mostraban causa para no pagarle al muchacho.

Juan Bobo llevó al alguacil hasta el hoyo en la calle y le enseñó las moscas diciéndole:

—Ahí están todavía hartándose esas embrollonas. El alguacil no podía aguantar la risa. Volvió al juzgado con Juan Bobo y le contó lo ocurrido al Juez. Este, disimulando por haber tomado en serio el problema de Juan Bobo, lo sentenció:

—Puedes cobrarle el dinero a las señoritas del manto prieto donde quiera que las veas dándoles un pescozón.

Desgraciadamente en esos momentos una mosca se le paró en la nariz al Juez. Juan Bobo no se encomendó ni a Dios ni al diablo; pegó un salto y le dio al magistrado un puñetazo en la nariz. El Juez tuvo ganas de estrangularle, pero se contuvo y le preguntó:

—¿Por qué has hecho eso?

Juan Bobo le respondió:

—Como usted tenía una mosca en la nariz, yo me las cobré en seguida.

El Juez comprendió la idiotez de Juan Bobo y lo ridículo de haberle hecho caso. De reojo vio como se reían disimuladamente todos los que allí estaban.

Malhumorado mandó a Juan Bobo que se fuera y él también salió del Juzgado.

Cómo comprar una aguja

IX

Remendaba la madre de Juan Bobo una muda[1], para que su marido pudiera cambiarse la ropa que tenía puesta, cuando se le partió la única aguja que tenía. Le dio a Juan Bobo dos chavos[2] para que fuera corriendo al pueblo y le comprara unas agujas.

Juan Bobo iba a salir de su casa cuando llegó un hermano de su madre. Su tío venía a pedir un poco de agua para beber y a cambiar unas palabras con ella. Dejó su caballo amarrado en el batey. Juan Bobo pensó, en seguida, que para ir corriendo, lo mejor era ir montado a caballo y no a pié. Cortó una vara y, sin pedirle permiso al tío, se montó sobre el animal y fue trotando hasta el pueblo. Fue primero a una botica a pedir las agujas; después a una pulpería; por fin las encontró en una tienda de quincalla.[3] El quincallero,

---

[1] Camisa y pantalón, ropa que se muda de una vez.
[2] Monedas de cobre.

por su conversación, se dio cuenta que le faltaba un tornillo. Por eso le dio solamente una aguja por los dos chavos. Le dijo que las agujas estaban caras. Juan Bobo la echó en una de las banastas de la cabalgadura y partió como un relámpago de regreso a su casa. Gozaba de la carrera y apresuraba al caballo repitiéndole:

Arre, arre, arre,
no seas cobarde,
la carga no te parte.

El tío estaba disgustado con Juan Bobo por cogerle el caballo sin permiso y porque lo había hecho esperar. Pero tuvo que reírse cuando oyó a Juan Bobo decirle a su madre que se había tardado porque ni en las boticas ni en las pulperías le habían querido vender las agujas; que el quincallero le había dicho que estaban muy escasas, porque no era el tiempo para cosecharlas; y que solamente podía darle una por los dos chavos. La madre de Juan Bobo le dijo que suprimiera el cuento y le entregara la aguja. Juan Bobo buscó la aguja en vano. Al verle buscar en las banastas, la mamá le explicó que cuando se traía una cosa con punta era mejor ensartarla en la pechera de la camisa. Para que lo entendiera mejor, le ensartó un alfiler en la pechera en la forma que debía hacerlo.

---

[3] Conjunto de objetos de escaso valor.

Una semana después, la madre de Juan Bobo estaba en su tala⁴ trabajando cuando vio que el ñame había perdido todas sus hojas, que ya podía desenterrarlo. Como el barro estaba algo duro, le dijo a Juan Bobo que se fuera corriendo a donde su comadre Cipriana a pedirle prestado un pico. Juan Bobo, que anticipaba el gustazo que se iba a dar aquella tarde comiendo ñame y bacalao cocidos, se fue ligero al mandado. Cuando cogió en las manos el pico observó que éste tenía punta. Recordó lo de la aguja y se lo clavó en la pechera de la camisa pasándola de lado a lado. Al ponerse a andar con el pico en tal forma, notó que el mango le molestaba. Por eso tiró el pico al suelo y le cortó el mango de dos machetazos; pero como todavía seguía tropezando, le dio coraje. Volvió a tirar el pico al suelo y le partió el metal con una piedra. Cuando llegó a la casa con la camisa y el pico rotos, su madre le preguntó qué le había sucedido en el camino y Juan Bobo, bostezando de hambre, respondió:

—¡Que ese maldito pico no quería venirse a trabajar y me golpeó! Le tuve que dar hasta con una piedra y sacarle un diente para hacerlo escarmentar. Por poquito no llego.

La madre nada argumentó. Lloró en silencio su desgracia y la de su hijo. Cuando vino su marido le contó lo sucedido y le dijo que tenían que pagar el pico.

⁴ Siembra de frutos menores.

Juan Bobo Ofendido

X

A pesar de su bobera, Juan Bobo creció y alentado por su familia a los 18 años tomó mujer. Claro está, se la llevó a vivir con sus padres. La muchacha era una campesina simple, y tan humilde que al aceptarlo no reparó en el *gran partido*[1] que era Juan Bobo. Era una muchacha trabajadora, ayudaba a la mamá de Juan Bobo a cocinar, a cuidar los animales y a lavar. Para dar de comer a esa otra boca juvenil, la mamá de Juan Bobo se vio obligada a lavar más ropa. Pero, para que ella no se fatigara, su hijo llevaba la ropa al pueblo los viernes de un solo viaje. La mamá le pidió prestada la yegüita a su hermano. Las banastas se ponían repletas de líos de ropa. Para que Juan Bobo no se equivocara en la entrega, cada lío llevaba el nombre del cliente. Juan Bobo iba siempre muy alegre en estos viajes, dándose aire de persona diligente. Imitando la costumbre que

---

[1] Un gran partido es una persona casadera de buena posición.

observara en sus padres y vecinos saludaba a todo el que pasaba, fuera conocido o no:
—Buenos días.
—Buenas tardes.
Dios lo acompañe.
—¡Vaya usted con Dios!
Y todos le contestaban de igual manera. Cierto viernes, uno de los que pasó a caballo, que parecía del pueblo, le dijo:
— ¡Adiós, mozo!
Juan Bobo, extrañado, se quedó pensando en qué sería lo que él quería decirle con aquello de *mozo*. Y hablando en voz alta consigo mismo, se dijo:

—Mozo le dicen al gato;
el gato se come al ratón;
el ratón se come el queso;
el queso sale de la leche;
la leche sale de la vaca;
la vaca tiene cuernos
¡ese hombre me dijo cornú!
Al cornú su mujer se la pega.[2]
¡Ese hombre me ha *insultao*!

Sin pensar nada más, Juan Bobo corrió en la yegua detrás del hombre hasta alcanzarlo. Agarró un palo que tenía siempre en las banastas por lo que pudiera

---

[2] Le es infiel.

suceder y le dio tal garrotazo en la cabeza al otro joven que éste cayó al suelo sin sentido.

Juan Bobo volvió a su casa malhumorado. Miraba a su mujer con unos ojos matones y no le dirigía una sola palabra.

La pobre le dio la queja a su madre política, quien se encargó de averiguar lo que le pasaba a su hijo, porque él nunca era así. Le pidió que explicara qué le ocurría y Juan Bobo le contó lo del mozo y sus deducciones. Su madre entonces le aseguró que su mujer era, *más buena que el pan*, y añadió:

—Hijo, los del pueblo no saludan como nosotros. Ellos tienen otras finezas. Lo mejor es preguntar cuando no se sabe algo. Uno no se deja llevar, por el mal genio. Puedes matar sin razón a un inocente.

Juan Bobo, arrepentido, fue sonriente a donde su mujer. Ella también se sonrió e hicieron las paces.

NARRADORES

Los narradores de estos cuentos vienen de la Costa Noroeste de Puerto Rico, entre Aguadilla y Arecibo. Su variado origen, educación y edad en el momento de la narración, son los siguientes:

1) *Juan Bobo cuida su casa; Juan Bobo y la pava* (*Como vender una pava*)
   Francisco Ramírez, nacido y criado en un campo de Aguadilla, analfabeta. Setenta años de edad.

2) *Juan Bobo y el caldero* (*La aventura del caldero*); *La compra de una aguja*
   Serafina Rosado, barrio Campo Alegre de Hatillo. Sabía leer. Treinta y ocho años.

3) *Juan Bobo y el reloj* (*La aventura del reloj*); *Juan Bobo va a la escuela*
   Julia Vega, barrio Arenales Altos de Isabela. Instruida. Veintitrés años.

4) *Juan Bobo y la vaca* (*El hambre se mata comiendo*)
Pedro González, barrio Dominguito de Arecibo. Dependiente de un comercio. Edad no especificada.

5) *Juan Bobo y las moscas* (*Las moscas embrollonas*)
Gertrudis Porras, barrio Copales de Hatillo. Sabe leer. Setenta y dos años.

6) *Juan Bobo ofendido*
Vicente Pellot, barrio Ceiba de Isabela. Sabe muy poco de letras. Dieciséis años.

LOS CUENTOS DE JUAN BOBO

If you enjoyed *Los Cuentos de Juan Bobo*, maybe there is someone else who you think might enjoy a copy! These stories make a great gift for both children and adults.

For information on purchasing additional copies of *Los Cuentos de Juan Bobo*, write:

Ediciones Libero
Urb. Sultana
89 Calle Andalucía
Mayagüez, PR 00680

or e-mail us at: jsr@pop.dn.net

Other books by José Ramírez-Rivera available through Ediciones Libero:

Puerto Rican Tales: Legends of Spanish Colonial Times
By Cayetano Coll y Tosté. Translated and adapted by José Ramírez-Rivera. 111 pages. ISBN: 0-9601700-3-0

Selección de Leyendas Puertorriqueñas
By Cayetano Coll y Tosté. En español. Adapted by José Ramírez-Rivera. The original Spanish language adaptation of the stories by Coll y Tosté. 120 pages. ISBN: 0-9601700-2-2

COFRESÍ, The Pirate
By Cayetano Coll y Tosté. English translation and adaptation by José Ramírez-Rivera. A book to read and color. 20 pages. ISBN: 0-9601700-4-9